From North to South

Del Norte al Sur

Story / Cuento
René Colato Laínez

Illustrations / Ilustraciones
Joe Cepeda

Children's Book Press, *an imprint of* Lee & Low Books Inc.
New York

D1122345

...born in El Salvador. He uses his immigrant experience in many of his award-winning ... *...icas Magazine* has called his characters "immigrant heroes". He holds an MFA in Writing ...oung Adults from the Vermont College of Fine Arts. At the elementary school where he teaches, ...wn as "the teacher full of stories."

To Jorge Humberto Macías, who helped my mother come to the United States. To the women, men, and children waiting for an opportunity to cross borders to be reunited with their loved ones. / Para Jorge Humberto Macías, quien ayudó a mi mamá a llegar a los Estados Unidos. Para las mujeres, hombres y niños que esperan por una oportunidad para cruzar fronteras para reunirse con sus seres queridos. —RCL

The author is donating a portion of his royalties to El Centro Madre Assunta. To learn more about it, please visit their website at: http://www.f8.com/FP/TIJUANA/English/PROJECTS/Lili1.htm

Joe Cepeda received his BFA in Illustration from California State University, Long Beach. A recipient of the Pura Belpré Honor Award, Joe has illustrated many books and book covers, and has also written for children. His work has been shown at the Society of Illustrators shows in New York and Los Angeles. He currently lives in Southern California with his wife and son.

For my family, who travelled north and made their home here in the Southland. —JC

Story copyright © 2010 by René Colato Laínez
Illustrations copyright © 2010 by Joe Cepeda

Book design: Carl Angel
Book production: The Kids at Our House
Book editor: Dana Goldberg
Special thanks to Citlali Martínez, Rosalyn Sheff, Teresa Mlawer, Imelda Cruz, Janet del Mundo, and Rod Low

Manufactured in China by First Choice Printing Co. Ltd., April 2015
10 9 8 7 6 5 4 3 2
First Edition

Library of Congress Cataloging-in-Publication Data
Colato Laínez, René.
From north to south / story, René Colato Laínez; illustrations, Joe Cepeda = Del norte al sur / cuento, René Colato Laínez; ilustraciones, Joe Cepeda.
    p. cm.
Summary: When his mother is sent back to Mexico for not having the proper immigration papers, José and his father travel from San Diego, California, to visit her in Tijuana.
    ISBN 978-0-89239-304-6 (paperback)
[1. Immigrants—Fiction. 2. Mexicans—United States—Fiction. 3. Family problems—Fiction. 4. Tijuana (Baja California, Mexico)—Fiction. 5. Mexico—Fiction. 6. Spanish language materials—Bilingual.] I. Cepeda, Joe, ill. II. Title. III. Title: Del norte al sur.
    PZ73.C5868 2010   [E]—dc22   2010000462

Introduction

I am an elementary school teacher. My students' and my own immigrant experience have been the inspiration for many of my books. One day, one of my students was crying because her father had been deported to Tijuana, Mexico. I discovered that many of the other children had cousins, uncles, or neighbors who had been deported, too. Most of my students had been born in the United States, and it is hard for them to see their loved ones forced to leave this country. For these children, family separation is a traumatic experience.

El Centro Madre Assunta is a refuge in Tijuana for immigrant women and children. With open arms, the Centro receives women and children who have been recently deported from the United States, or who are trying to enter the United States. El Centro Madre Assunta provides food, shelter, medical assistance, and immigration consultation to all the refugees.

—René Colato Laínez

Introducción

Soy maestro de escuela primaria. Mis estudiantes y mi experiencia como inmigrante han sido mi inspiración para escribir muchos de mis libros. Un día, un estudiante estaba llorando en el salón de clase porque su papá había sido deportado a Tijuana. Descubrí que muchos de mis estudiantes tenían experiencias similares. Todos tenían un primo, un tío, o un vecino que había sido deportado. La mayoría de mis estudiantes ha nacido en Estados Unidos y es difícil para ellos ver cómo sus seres queridos son deportados de este país. Para estos niños, la separación familiar es una experiencia traumática.

El Centro Madre Assunta es un refugio situado en Tijuana para mujeres y niños inmigrantes. El Centro recibe con los brazos abiertos a mujeres y niños que han sido deportados recientemente de Estados Unidos o que están intentando entrar a Estados Unidos. El Centro Madre Assunta proporciona alimento, albergue, asistencia médica y consulta sobre inmigración a todos los refugiados.

—René Colato Laínez

"*Viva!*" I spun around the living room. "I am going to visit Mamá!"

I rushed for Papá's car keys and grabbed Mamá's suitcase. I missed Mamá. I missed her tucking me into bed, her bedtime stories and her beautiful voice saying, *"Buenas noches, mi José."*

—¡*Viva!* —dije y di vueltas alrededor de la sala—. ¡Voy a visitar a Mamá!

Fui de prisa por las llaves del coche de Papá y agarré la maleta de Mamá. Yo extrañaba a Mamá. Extrañaba cuando ella me arropaba en la cama, sus cuentos antes de dormirme y su linda voz que me decía «Buenas noches, mi José».

Mamá, Papá and I live in San Diego. After school, Mamá and I would work in our garden. Everyday, I helped Mamá water her flowers and pull the weeds.

Two weeks ago, Mamá didn't come home from work. That night, when she called us, we all cried together.

She had been working at the factory when some men asked for her immigration papers. But Mamá was born in Mexico and didn't have those papers. The men put Mamá and other workers in a van. In a few hours, Mamá was in Tijuana, Mexico.

Mamá, Papá y yo vivimos en San Diego. Cuando yo regresaba de la escuela, Mamá y yo trabajábamos en nuestro jardín, y todos los días ayudaba a Mamá a regar las flores y arrancar la maleza.

Hace dos semanas, Mamá no volvió a casa después del trabajo. Esa noche, cuando Mamá nos llamó, todos lloramos juntos.

Ella estaba trabajando en la fábrica cuando unos señores le pidieron los papeles de inmigración. Pero Mamá nació en México y no tenía esos papeles. Los señores metieron a Mamá y a otros trabajadores en una camioneta. Algunas horas después, Mamá estaba en Tijuana, México.

Today Papá and I were traveling from north to south to visit Mamá for the first time! I had marked a map with arrows from San Diego to Tijuana and drew a heart around Tijuana.

Papá drove past the school where Mamá studied English and the bakery where she bought her favorite *pan dulce*.

Near the border, the cars began to move very slowly.

"Papá, go fast. I want to see Mamá," I said.

"*Mijo,* Tijuana is just on the other side of the bridge," Papá said.

¡Hoy Papá y yo íbamos del norte al sur a visitar a Mamá por primera vez! Yo había marcado con flechas en un mapa el camino de San Diego a Tijuana y dibujé un corazón alrededor de Tijuana.

Mientras Papá manejaba, pasamos por la escuela donde Mamá estudiaba inglés y la panadería en donde ella compraba su pan dulce favorito.

Cerca de la frontera, los coches comenzaron a moverse muy lentamente.

—Papá, ve rápido. Quiero ver a Mamá —le dije.

—Mijo, Tijuana está precisamente al otro lado del puente —dijo Papá.

When we crossed the bridge, my heart jumped with happiness. On the sidewalks, men shouted the news. Boys shined shoes. Girls sold bubble gum.

Papá parked the car in front of a big house with a sign that read *Centro Madre Assunta.* Mamá was waiting at the gate. I jumped out of my seat and gave her a hug, crying, "I missed you so much!"

"I missed you, too, *mi José,*" Mamá said.

Cuando cruzamos el puente, mi corazón dio un salto de felicidad. En las calles, hombres gritaban las noticias, niños lustraban zapatos, y niñas vendían chicle.

Papá estacionó el coche delante de una casa grande con un letrero que decía «Centro Madre Assunta».

Mamá esperaba en la puerta. Yo salí corriendo y le di un abrazo, gritando: —¡Te he extrañado mucho!

—Yo también a ti, mi José —dijo Mamá.

Inside there were many rooms and hallways. On the patio, children jumped rope and played marbles. One woman painted pottery and another weaved a poncho.

"These are my friends Doña María and Josefa," Mamá said. "They have been here almost a month. They make and sell beautiful crafts. Soon, they will have enough money to continue their trip north."

"*¡Hola!*" said Doña María and Josefa as they smiled at me.

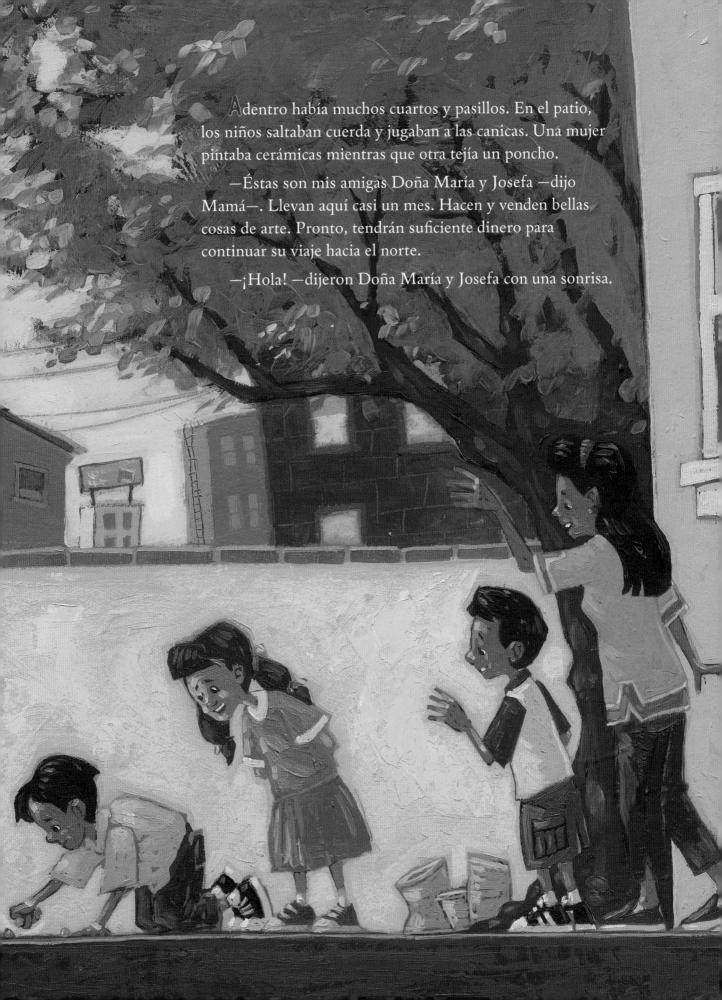

Adentro había muchos cuartos y pasillos. En el patio, los niños saltaban cuerda y jugaban a las canicas. Una mujer pintaba cerámicas mientras que otra tejía un poncho.

—Éstas son mis amigas Doña María y Josefa —dijo Mamá—. Llevan aquí casi un mes. Hacen y venden bellas cosas de arte. Pronto, tendrán suficiente dinero para continuar su viaje hacia el norte.

—¡Hola! —dijeron Doña María y Josefa con una sonrisa.

Mamá's room had blank walls and her closet was empty. She opened the suitcase and said, *"Muchas gracias, mi José.* Now I have my own clothes."

"Mamá, I also brought photographs and some of my drawings," I said.

We put them up on the walls. Mamá hugged me as she said, "Now this room is just as beautiful as my room in San Diego!"

No había nada colgado en las paredes del cuarto de Mamá y el armario estaba vacío.

Mamá abrió la maleta y dijo: —Muchas gracias mi José. Ahora ya tengo mi ropa.

—Mamá, también te traje fotografías y algunos de mis dibujos —dije.

Los colgamos en las paredes. Ella me dio un abrazo y dijo: —¡Ahora este cuarto es tan hermoso como mi cuarto en San Diego!

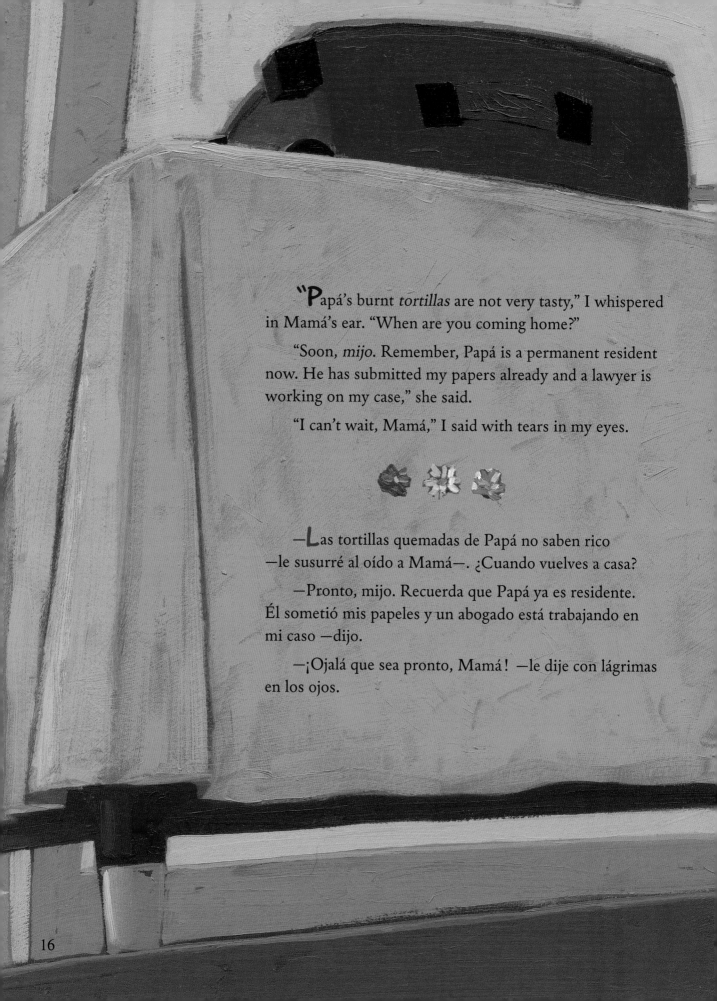

"Papá's burnt *tortillas* are not very tasty," I whispered in Mamá's ear. "When are you coming home?"

"Soon, *mijo*. Remember, Papá is a permanent resident now. He has submitted my papers already and a lawyer is working on my case," she said.

"I can't wait, Mamá," I said with tears in my eyes.

—Las tortillas quemadas de Papá no saben rico —le susurré al oído a Mamá—. ¿Cuando vuelves a casa?

—Pronto, mijo. Recuerda que Papá ya es residente. Él sometió mis papeles y un abogado está trabajando en mi caso —dijo.

—¡Ojalá que sea pronto, Mamá! —le dije con lágrimas en los ojos.

"Mi *José*, don't cry," Mamá said and took my hand. "Let me show you the garden. I've been helping the children take care of it."

In the garden, all the children were waiting for Mamá. "*Hola niños,* this is my son José," Mamá said.

"I am Teresa. You are so lucky to see your Mamá," one girl said. "All of us want to be with our parents, but they are so far away."

—Mi José, no llores —dijo Mamá, y me tomó de la mano—. Déjame enseñarte el jardín. Yo ayudo a los niños a cuidarlo.

Todos los niños esperaban a Mamá.

—Hola niños, éste es mi hijo José —dijo Mamá.

—Yo soy Teresa. Tienes mucha suerte de poder ver a tu Mamá —dijo una niña—. Todos nosotros queremos estar con nuestros papás, pero ellos están muy lejos.

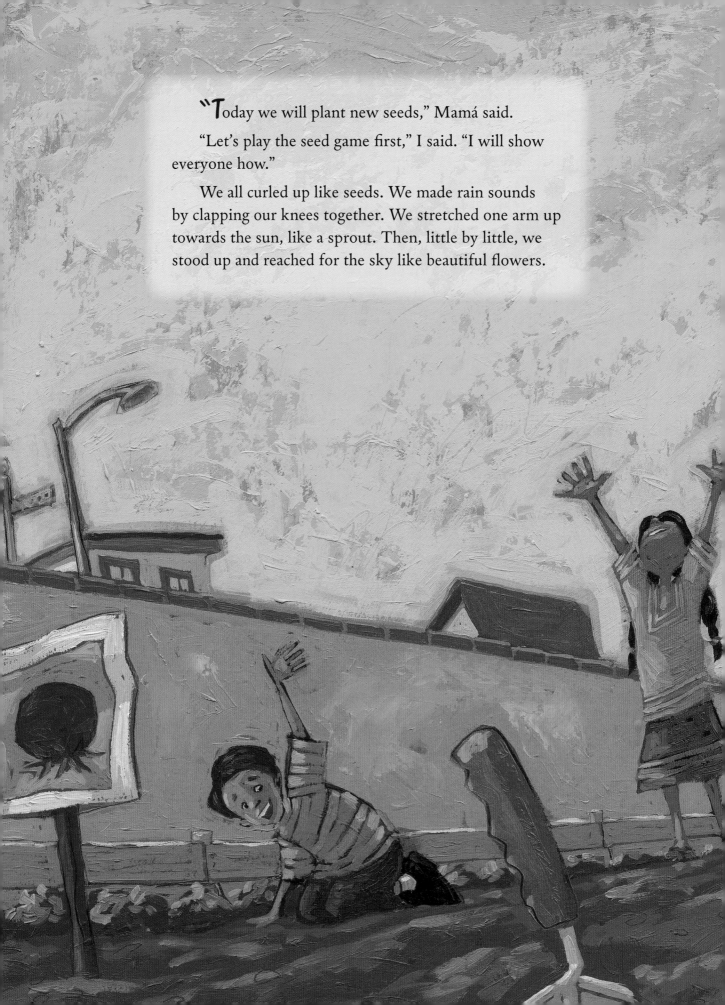

"Today we will plant new seeds," Mamá said.

"Let's play the seed game first," I said. "I will show everyone how."

We all curled up like seeds. We made rain sounds by clapping our knees together. We stretched one arm up towards the sun, like a sprout. Then, little by little, we stood up and reached for the sky like beautiful flowers.

—Hoy vamos a plantar semillas —dijo Mamá.

—Juguemos al juego de la semilla primero —dije—. Yo les enseño.

Todos nos acurrucamos como si fuéramos semillas. Hicimos el sonido de la lluvia dando palmadas en nuestras rodillas. Alzamos un brazo en dirección al sol, como si fuese un retoño. Luego, poco a poco, nos pusimos de pie y alzamos ambos brazos como hermosas flores.

I passed out seeds to the other children. "When these seeds grow, will you come home?" I asked Mamá.

"Will we be with our parents, too?" Teresa asked.

"I hope so," Mama said gently, "but no matter where they are, our loved ones are always with us because they are in our hearts."

"I have an idea. Let's plant seeds in cans for our parents," I said.

"Bravo!" everyone cheered.

Repartí semillas a los niños.

—¿Cuando estas semillas hayan brotado, volverás a casa? —le pregunté a Mamá.

—¿Estaremos con nuestros padres nosotros también? —preguntó Teresa.

—Espero que sí —dijo Mamá con dulzura—. Pero no importa donde ellos estén, porque nuestros seres queridos están siempre en nuestros corazones.

—Tengo una idea, plantemos semillas en las latas para nuestros padres —dije.

—¡Bravo! —dijeron los niños al mismo tiempo.

We made holes in the bottoms of the cans. We painted the cans different colors and when they were dry, we added our parents' names.

Next, we filled the cans with soil. We poked little holes in the soil, dropped a seed in each hole, and covered them up. Finally we watered the seeds.

"We will have beautiful flowers," we said, as we placed the cans around the garden.

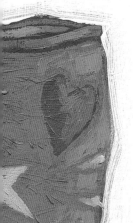

Hicimos agujeros en el fondo de las latas. Las pintamos de diferentes colores y cuando se secaron, escribimos los nombres de nuestros padres.

Después, llenamos las latas con tierra y con el dedo hicimos hoyitos. Pusimos una semilla en cada hoyito y las cubrimos con tierra. Finalmente regamos las semillas.

—Tendremos flores muy lindas —dijimos mientras colocábamos las latas alrededor del jardín.

Mamá pointed to my can and said, "I will take care of our seeds every day."

"I will take care of our garden at home, too." I gave Mamá a hug. "I cannot wait to be together again."

"Me too, *mijo,*" Mamá said.

Mamá señaló mi lata y dijo: —Cuidaré nuestras semillas todos los días.

—Yo también cuidaré nuestro jardín en casa —y le di un abrazo a Mamá—. Espero que pronto podamos estar todos juntos.

—Yo también, mijo —dijo Mamá.

Later, when the stars began to shine, Papá said, "It is time to go back to San Diego, José."

"Can we come back soon?" I asked and hugged Mamá.

"*Sí mijo*, we will try to visit every weekend until Mamá gets her papers and can come back home with us," Papá said.

"Mamá, before we leave can you tell me a story?" I asked.

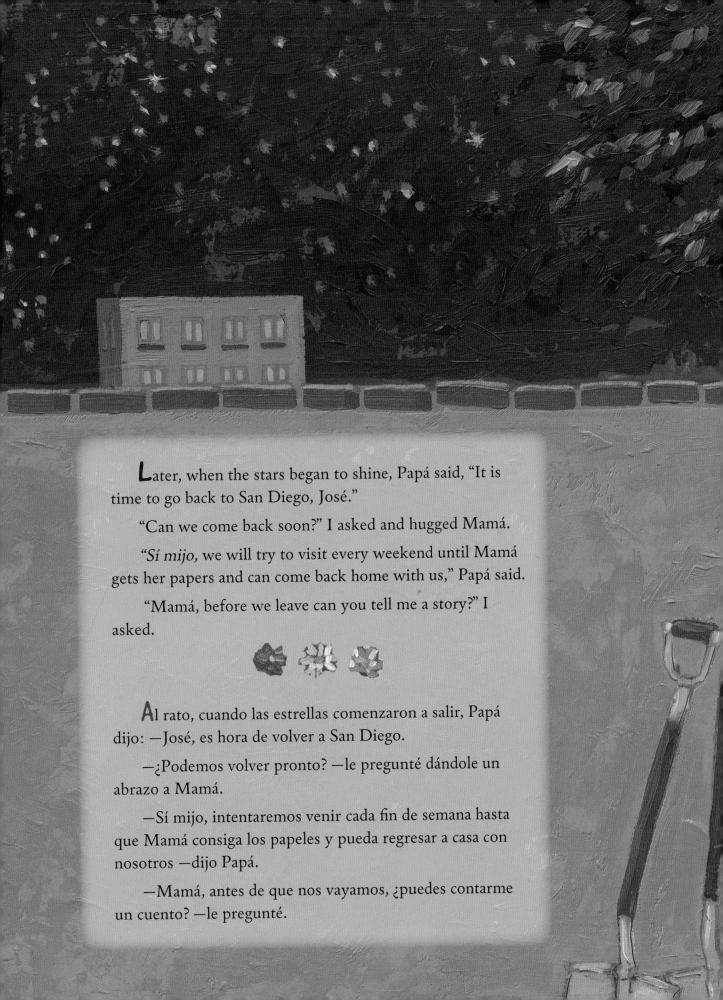

Al rato, cuando las estrellas comenzaron a salir, Papá dijo: —José, es hora de volver a San Diego.

—¿Podemos volver pronto? —le pregunté dándole un abrazo a Mamá.

—Sí mijo, intentaremos venir cada fin de semana hasta que Mamá consiga los papeles y pueda regresar a casa con nosotros —dijo Papá.

—Mamá, antes de que nos vayamos, ¿puedes contarme un cuento? —le pregunté.

Mamá sat with me in the backseat of the car and told me a story. As I fell asleep, Mamá kissed my forehead.

Mamá se sentó conmigo en el asiento de atrás del coche y me contó un cuento. Me quedé dormido y Mamá me besó la frente.

I dreamt that Mamá had the right papers and we crossed the border together. Above our house, the sky filled with fireworks and I knew that all the other children would see their parents soon, too. I was ready to eat Mamá's warm *tortillas*, to listen to her bedtime stories, and to hear her beautiful voice saying every single night, *"Buenas noches, mi José."*

Soñé que Mamá tenía los papeles en orden y cruzábamos la frontera juntos. Por encima de nuestra casa, el cielo se llenaba de fuegos artificiales. Estaba seguro de que los otros niños también iban a ver a sus padres pronto. Estaba listo para saborear las tortillas calentitas de Mamá, para escuchar sus cuentos y oir cada noche su linda voz: «Buenas noches, mi José».